AF326495

Vente du Jeudi 5 Mai 1881

HOTEL DROUOT, SALLE N° 7

A DEUX HEURES

JOLIE COLLECTION

D'OBJETS DE LA CHINE

ET DU JAPON

ARMES EUROPÉENNES, TABLEAUX

EXPOSITION PUBLIQUE

Le Mercredi 4 Mai 1881, de une heure et demie à cinq heures et demie

M° ESCRIBE	M. A. BLOCHE
COMMIS^{re}-PRISEUR	EXPERT
rue de Hanovre, n° 6	rue Laffitte, n° 44

PARIS — 1881

Vᵉˢ RENOU, MAULDE et COCK

IMPRIMEURS DE LA COMPAGNIE DES COMMISSAIRES-PRISEURS

Rue de Rivoli, 144

CATALOGUE

D'une jolie Collection

D'OBJETS D'ART

DE LA CHINE ET DU JAPON

Anciennes Porcelaines montées et non montées

MATIÈRES PRÉCIEUSES, IVOIRES, LAQUES FINS

Beaux Meubles sculptés et burgautés

OBJETS DE VITRINE, GOBELET EN ARGENT

TABLEAUX ANCIENS ET MODERNES

ARMES EUROPÉENNES

DONT LA VENTE AUX ENCHÈRES PUBLIQUES AURA LIEU

HOTEL DROUOT, SALLE N° 7

Le Jeudi 5 Mai 1881

A DEUX HEURES

M° ESCRIBE	M. A. BLOCHE
COMMISS^{re}-PRISEUR	EXPERT
rue de Hanovre, n° 6	rue Laffitte, n° 44

CHEZ LESQUELS SE DISTRIBUE LE PRÉSENT CATALOGUE.

EXPOSITION PUBLIQUE

Le Mercredi 4 Mai 1881, de 1 heure 1/2 à 5 heures 1/2

PARIS — 1881

CONDITIONS DE LA VENTE

———

Elle sera faite au comptant.

Les Acquéreurs paieront CINQ POUR CENT en sus des adjudications, applicables aux frais.

Il ne sera admis aucune réclamation une fois l'adjudication prononcée.

DÉSIGNATION

MATIÈRES PRÉCIEUSES, IVOIRES ET ARGENTERIE

1 — Jolie Coupe à deux compartiments en cristal de roche offrant en hauts-reliefs et pris dans la masse une cygogne et des branches d'arbres, socle en bois de fer sculpté.

2 — Très jolie Gourde en jade, blanc enrichie de rubis et d'émeraudes incrustés et sertis d'or. Provient de la collection L. Fould.

3 — Grand et beau Presse-Papier en jade blanc sculpté à jour, représentant des dragons, des fleurs et des feuilllages.

4 — Bel Eléphant en ivoire sculpté, richement harnaché, orné d'incrustations de nacre, portant une boule en cristal de roche.

5 — Joli petit Cabinet en ivoire laqué d'or, à personnages, s'ouvrant à deux battants, garni à l'intérieur de trois tiroirs en laque fin.

6 — Beau Groupe en ivoire représentant un personnage à genoux tenant une petite naine sur une table, le tout incrusté de burgau et d'écaille.

7 — Pitong en ivoire sculpté représentant des figures de femmes, parties laquées.

8 — Boîte à poudre, forme poire, en ivoire incrusté de burgau et d'écaille.

9 — Bonbonnière en ivoire, avec fleurs et feuillages laqués, masque et cloche en fer ciselé appliqués sur le couvercle.

10 — Gobelet en argent, décoré d'une alliauce d'armoiries gravées, époque Louis XIII.

11 — Deux Boîtes ovales en filigrane d'argent. Travail chinois.

12 — Bonbonnière en ivoire, offrant sous cristal de roche des insectes et décorée de fleurs et oiseaux en incrustations de burgau.

13 — Boîte, forme Louis XV, en ivoire incrusté de nacre.

14 — Groupe de quatre Figurines en ivoire sculpté (une Famille de bûcherons).

15 — Groupe de quatre Figures en ivoire (Allégorie de l'hiver).

16 — Groupe de deux Figures grotesque, en ivoire, avec renards à leurs pieds.

17 — Groupe de trois Figures en ivoire (Mère et Enfants excitant une chimère).

18 — Groupe de deux Figures en ivoire (Femme et Enfant).

19 — Groupe de deux Figures en ivoire, dont une à tête mobile.

20 — Groupe de trois Figures en ivoire grotesque jouant de l'éventail.

21 — Groupe de douze Masques accouplés en ivoire sculpté.

22 — Groupe de trois Figures et une Grenouille jouant au parasol.

23 — Grand Bouton en ivoire, offrant en bas-relief deux figures de vieillards.

24 — Groupe de trois Figures d'enfants en ivoire jouant autour d'un vase.

25 — Groupe de deux Grotesques en ivoire jouant du tambourin.

26 — Petit Groupe (Homme retenant un cheval) en ivoire.

27 — Petit Groupe de deux Guerriers en ivoire.

28 — Deux petits Ecrans en jade vert incrusté d'or, monture en bois de fer.

29 — Encrier en jade vert sculpté, à compartiments, avec godet en bronze doré, style Louis XVI.

30 — Petit Groupe en ivoire (Philosophe et Enfant avec cerf à leurs pieds).

31 — Petit Groupe en ivoire (Singe et Grenouille).

32 — Vingt et un petits Groupes, sujets variés en ivoire, finement sculptés.

33 — Vase en cristal de roche, à anneaux et anses pris dans la masse.

34 — Etui de pipe en ivoire japonais ancien.

35 — Jade sur socle (deux Canards).

36 — Vase en jade, animal en relief sur socle en bois de fer.

LAQUES

37 — Très joli petit Cabinet en laque fond d'or, décoré de paysages, s'ouvrant à deux battants, garni de tiroirs à l'intérieur.

38 — Jolie Boîte à cinq compartiments, extérieur en laque mouchetée, décorée d'éventails fond d'or, intérieur en laque d'or à paysages, oiseaux et fleurs.

39 — Boîte ovale en laque fond moucheté, dessins en relief fond d'or.

40 — Boîte rectangulaire en laque, décor à paysages rehaussés d'or.

41 — Jolie petite Trousse en laque d'or, à figures et paysages, incrustée d'ivoire et de burgau.

42 — Bonbonnière ronde en laque noir et or, décor semis de feuillage.

43 — Boîte haute, à trois compartiments, en laque fond noir rehaussé d'or.

44 — Boîte rectangulaire en laque mouchetée, rehaussée d'or.

45 — Brûle-Parfums en laque de Pékin, avec bouton en jade.

46 — Boîte en laque noir burgauté.

47 — Belle Boîte en laque d'or ancien du Japon, forme fruit.

—

PORCELAINES ET FAIENCES

48 — Chimère en céladon, montée sur socle en bronze doré.

49 — Petite Potiche en terre de Fizen, fond gris granulé.

50 — Bouteille en céladon bleu turquoise, décorée de chimères, garniture du col en bronze doré.

51 — Belle Bouteille en porcelaine de la Chine, fond rouge haricot, richement montée en bronze doré, dragons s'enroulant autour du col et éléphant formant couvercle.

52 — Deux grandes et belles Aiguières formées de bouteilles en porcelaine de la Chine fond bleu, montures en bronze doré, style Louis XV.

53 — Vase cylindrique fond rouge haricot craquelé.

54 — Vase de forme allongée en ancien grès craquelé de la Chine granulé. Pièce curieuse.

55 — Groupe en terre cuite (Titania), de Joseph Félon.

56 — Deux Appliques en porcelaine de la Chine, montées en bronze.

57 — Vase en ancienne porcelaine de la Chine, décor éléphant et personnages, émaux de la famille verte.

58 — Vase en ancienne porcelaine de la Chine, forme aplatie.

59 — Vase en ancienne porcelaine de la Chine bleu turquoise, forme cylindrique.

60 — Gargoulette en ancienne porcelaine de la Chine rouge haricot.

61 — Belle Potiche en ancienne porcelaine de la Chine fond rouge à médaillons, décor en émaux de la famille verte.

62 — Petit Vase vert en ancienne porcelaine de la Chine.

63 — Paire de Vases à pans en ancienne porcelaine de la Chine, émaux de la famille verte.

64 — Bol en ancienne porcelaine de la Chine, émaux de la famille verte.

65 — Théière en porcelaine de la Chine, fond noir.

66 — Potiche en ancienne porcelaine de la Chine, fond vert, décor de papillons et fleurs.

67 — Jardinière en ancienne porcelaine de la Chine, décor en bleu sur blanc.

68 — Paire de Vases en porcelaine de la Chine, décor paysage.

69 — Grand Bol en porcelaine de la Chine, fond bleu, à réserves décorées en bleu sur blanc.

70 — Chimère couchée en grès de la Chine.

71 — Paire de Vases en porcelaine de la Chine, couleur vert d'eau.

72 — Quatre Flacons-Tabatières en cristal de Chine, à reliefs.

73 — Jardinière en terre de bocaro, monture en bronze doré.

74 — Deux Assiettes en ancienne faïence de Satzuma, décor riche.

75 — Paire de Cornets en ancienne porcelaine de la Chine, émaux de la famille verte.

76 — Une Statuette en grès.

77 — Une paire de Vases banko.

78 — Un Brûle-Parfums en terre de Fizen.

79 — Une paire de Tabourets en faïence de la Chine.

80 — Une paire de Vases en craquelé, avec un dragon.

81 — Deux Figurines en faïence.

82 — Joli Vase en vieux Chine côtelé, décor flambé, monté en bronze.

83 — Plaque décorée de personnages, cadre en bois de bambou.

84 — Beau Vase avec couvercle en vieux Chine, riche décor à sujets variés polychrome.

85 — Deux Vases fond vert rehaussé de rosaces en couleur, époque de Kien-long.

86 — Deux Cornets en vieux Chine, décor de la famille verte.

87 — Très beau Vase à pans en vieux Chine, riche décor à mandarins rehaussé d'or.

88 — Soupière en vieux Chine, famille verte, décor à fleurs et insectes.

89 — Paire de belles Potiches en vieux Chine, famille rose, décor fond rose et lambrequins jaune impérial, le tout rehaussé de fleurs et d'entrelacs en couleur.

90 — Deux Cornets en vieux Chine, famille verte, riche
décor.

91 — Grande Jardinière, de forme surbaissée, en vieux
Japon, décor polychrome.

92 — Beau Vase rouleau en vieux Chine, famille
verte.

93 — Vase rouleau en vieux Chine, famille verte.

94 — Paire de très beaux Vase en vieux Chine, forme à
pans, fond rose, bleu vert et violet, avec
oiseaux et objets mobiliers en couleurs.

95 — Très beau et grand Vase rouleau en vieux Chine,
décor à personnages en bleu.

96 — Très beau et grand Vase en vieux Chine, fond
bleu à rehauts d'or.

97 — Grand et beau Plateau en vieux Japon, décor
polychrome.

BRONZES

99 — Joli Brûle-Parfums tripode en bronze ancien du
Japon damasquiné, socle et couvercle en bois
sculpté, bouton en jade.

100 — Vase en bronze de la Chine, décoré de figures se
détachant en relief.

101 — Vase en bronze ancien de la Chine. Travail à
jour, fleurs et arabesques.

102 — Miroir en bronze du Japon.

103 — Petit Brûle-Parfums en bronze du Japon.

104 — Vase à arêtes en bronze du Japon.

105 — Une paire de grands Vases en bronze du Japon.

106 — Deux Vases Kischiour.

107 — Une Divinité en bronze, très grande.

MEUBLES

108 — Belle Armoire, à deux battants, en bois sculpté,
laquée et dorée, incrustée de Burgau et offrant
au bas-reliefs des scènes guerrières, des paysages et des dragons.

109 — Deux très belles Armoires en palissandre à fron-
tons ornés de plaques en porcelaine de la
Chine, décor à paysages, et garnies de bronze
repercé et doré à figures de dragons et cachets
impériaux.

110 — Deux belles Gaines en poirier noirci, ornées de
bronze poli, style Louis XVI.

111 — Bénitier en mosaïque de Florence. Cadre en bois noir.

112 — Jolie Étagère en bois de fer, ornée d'appliques en jade blanc et d'encadrements en ancien émail cloisonné de la Chine.

113 — Deux jolis Meubles à étagères en laque de Pékin, richement décorés, forme maisons élevées sur doubles socles.

114 — Grande Table en laque noire et burgautée.

115 — Trois Tabourets en laque noire mouchetée et burgautée.

116 — Un Guéridon en laque très fin.

117 — Deux Socles en bois de fer de la Chine, sculptés, dessus de marbre.

118 — Grande Couverture en soie de la Chine, imprimée.

119 — Un Meuble en bois de fer, à compartiments inégaux.

120 — Une Table en bois de fer.

121 — Beau Meuble en bois de fer, finement sculpté à l'intérieur et à l'extérieur.

122 — Petit Cabinet en laque, fond noir; décor à paysages en rehauts d'or.

123 — Joli Cabinet en laque finement décorée de figures en rehauts d'or, avec écritoire à l'intérieur.

124 — Grande **Jardinière** rectangulaire en bronze du
Japon, anses à dragons.

125 — Deux **Divinités** en bronze du Japon.

126 — Grande **Grue** sur rocher en bronze du Japon.

127 — **Groupes** de trois belles **Divinités** en bois sculpté
et doré. Travail ancien de la Chine.

128 — **Divinité** en bois sculpté et doré. Travail ancien
de la Chine.

—

ARMES

129 — Beau **Hausse-Col** d'armure en fer, offrant en bas-
relief une scène de combat, des salamandres,
des dauphins et des mascarons. Travail attri-
bué au XVI° siècle.

130 — Très-belle **Épée** avec pommeau et garde en fer
ciselé, représentant des scènes à petits personnages au milieu d'arabesques (XVI° siècle).

131 — Jolie **Dague**, lame à jour, pommeau et garde
damasquinés d'or.

132 — **Paire d'Éperons** en fer damasquiné d'or,
XVI° siècle.

TABLEAUX

—

BOUDIN

133 — Barques à marée basse (Vue prise à Portrieux).

CUYP (Attribué à ALBERT)

134 — Le Bac.

DARRU (LOUISE)

135 — Fleurs des champs.

DREUX-DORCY (DE)

136 — L'Ange et la Foi (Aquarelle).

137 — Scène d'intérieur (Dessin au bistre).

138 — Quatre Dessins à la mine de plomb.

PÉCRUS

139 — Jeune Femme se mirant.

SÉGHERS (Daniel)

140 — Saint en extase au milieu d'une guirlande de
fleurs.

TÉNIERS (Attribué à David)

141 — L'Alchimiste.

TÉNIERS (École de)

142 — Buveurs devant un cabaret.

ÉCOLE ITALIENNE

143 — Martyre chrétienne.

Vᵉ Renou, Maulde et Cock, impr de la Compagnie des Commissaires-Priseurs,
rue de Rivoli, 144.   17845

MIRE ISO N° 1
NF Z 43-007
AFNOR
Cedex 7 - 92080 PARIS-LA-DÉFENSE

graphicom

BIBLIOTHEQUE NATIONALE DE FRANCE

****

CHATEAU DE SABLE

1995